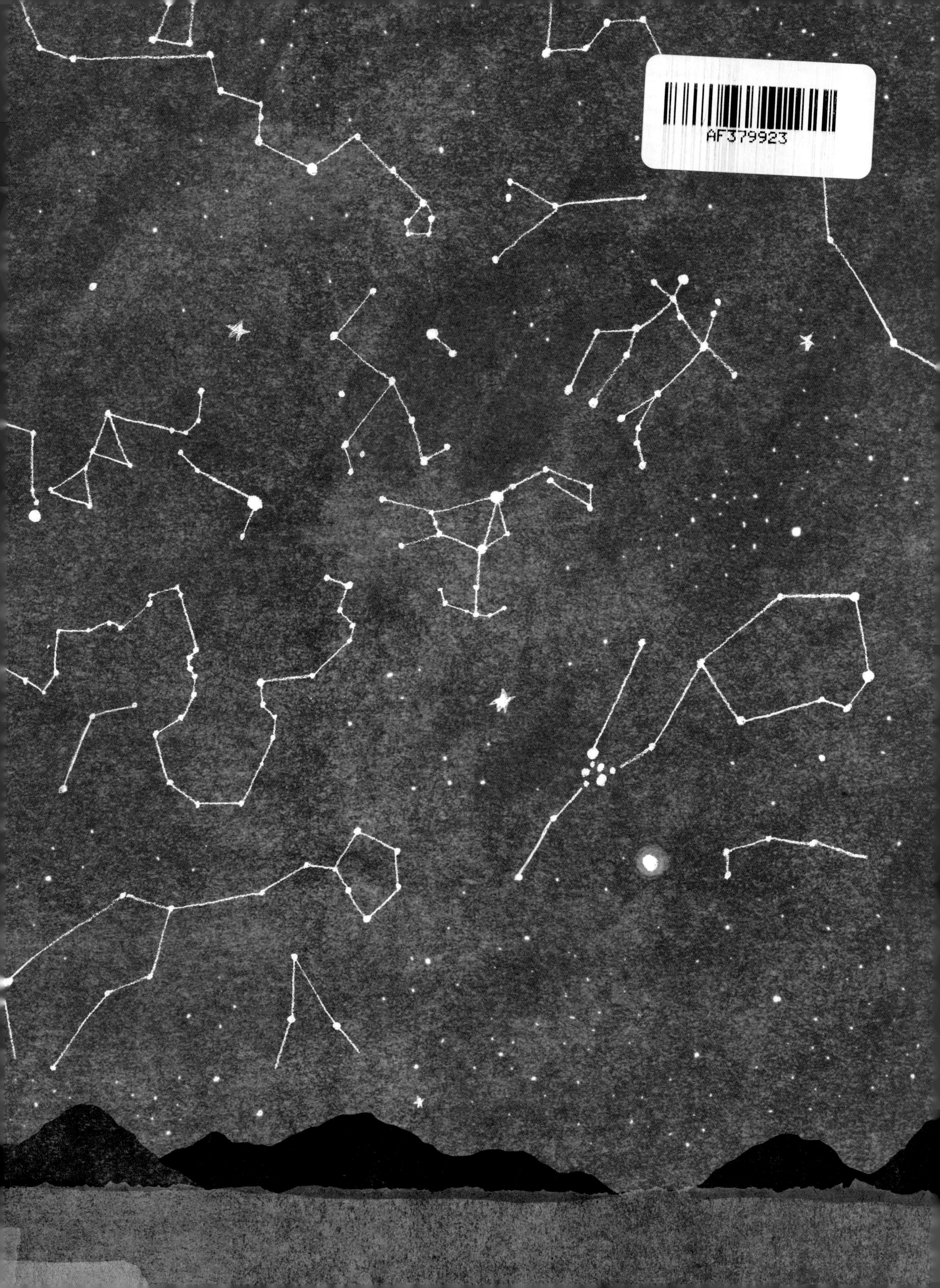
AF379923

阿尔茨海默先生

陈怡潓◎著
薛慧莹◎绘

未小读
UnRead Kids

北京联合出版公司
Beijing United Publishing Co.,Ltd.

舅舅打电话来说阿公失踪的那天，

我们全家正在苗栗赏杭菊。

那天的天气湿冷湿冷的，苗栗杭菊的花白白的。

我躲在白白的杭菊花田里，

我看到妈妈，妈妈看到我。

我不知道失踪的阿公看到了什么，又会被谁看到。

这可不是阿公第一次失踪了，去年医生说他得了阿尔茨海默病，
从此"阿尔茨海默先生"就正式住进阿公的大脑，
分享他清醒的时间。

我问阿公怕不怕，阿公笑着说，反正退休后时间很多，
分他一点也没关系。

阿公笑起来很好看，黄黄的牙像刚炸好的薯条，
有些部分会露出白白的颜色。

妈妈说阿尔茨海默先生一定是也很喜欢和阿公在一起，
我们都发现他和阿公相处的时间变长了。

他们会在阿嬷午睡的时候，骑着脚踏车出去。
有时一起去庙里拜一拜，在庙口看人家下棋；
有时一起上市场，买回来好多同样的东西；
也曾经一起在迷宫般的小区里兜风，
或者去我们不知道的地方旅行。

阿公的旅行结束，

我们不是在车站接他回家，而是在警察局。

我们只看见阿公睡在警察叔叔的桌上，

没有看见阿尔茨海默先生，

我想他应该和我一样，在做错事的时候也会怕警察。

阿尔茨海默先生怕警察，所以他躲起来了。

阿公看见阿嬷的时候，

他的眼睛亮亮的，像月亮旁边的小星星。

阿嬷用手抓抓他的头发，问他："玩够了吗？"

舅舅和妈妈决定在阿公的脚踏车上装一个 GPS 导航追踪器。
妈妈说我们没办法一直看着阿公，所以要拿出最厉害的法宝，
在阿公迷路的时候，可以帮助我们找到他。

妈妈曾经告诉我，

希腊克里特岛上的牛头怪每年都会吃掉好多小孩，

忒修斯自告奋勇要去消灭它，

他用金线绑着自己，拿着宝剑进入迷宫。

勇敢的忒修斯靠着聪明的办法完成了任务，

而且还能找到回家的路。

GPS 像金线，和阿尔茨海默先生在一起的阿公，

就成了勇敢又聪明的忒修斯，他们随时准备出发。

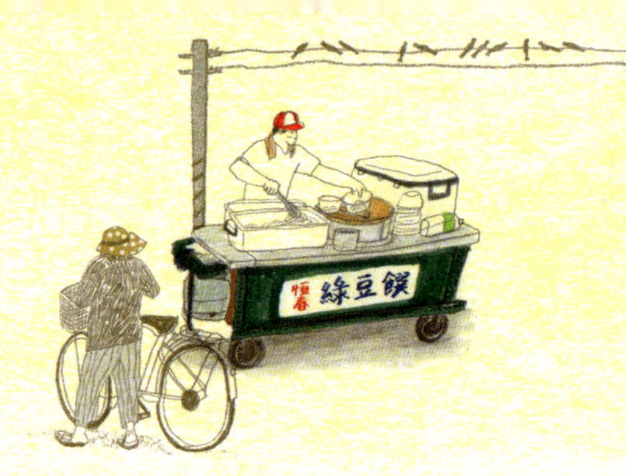

阿公很疼我的，有一次他在阿嬷去姨婆家的时候，
让我坐上他的脚踏车，他要带我一起出门。
我带着我的照相机，阿公拿出阿嬷帮他准备的笔记本，
上面有着出门时要注意的事情。
阿公仔细地检查，再把门锁上，我们就这样出发了。

脚踏车骑过大街，阿公和他的朋友打招呼，
他说那是他的小学同学，
小学毕业后，他就和他的爸爸学修鞋。
他的技术很好，客人也很多，
阿公还说那个同学的十根手指头
常常都有黑黑的鞋油，洗不干净。
阿公说那是他最好的朋友。

隆發金組
360512
23456
萬能修鞋店

一阵风吹过来，阿公说夏天的甘蔗田里最适合玩捉迷藏，

小时候他躲在里面，好久都不会被人家发现。

靠近甘蔗田的地方，有一座百年大教堂。

小时候他总是和同学排队等着领糖，

再去看看牧师口中所说的耶稣的模样。

阿公回过头跟我说："我带你上山，去看看我的'秘密基地'。"

山上的风很凉，阿公说了好多他与这座山的故事。

小时候他会和同学上山捉知了、采蜂窝。

他们还想盖一座树屋，但是一直没有完成。

还有一次，忘了是什么原因，他没办法下山。

阿公说那个夜晚，他害怕得哭了起来。

哭累了，他就看着天上那不知名的星光，

那一直存在的星光，在他的心里产生了一股力量。

我和阿公在树屋里睡了好久，醒来时，天已经黑了。

周围空气凉凉的，阿公的手热热的。

我怕黑，我用力地握着他的手。

阿公说："你看，暗暗的那边有一颗星，

那颗星是山上最亮的光，

我从小就看着它，再久都不会忘记。"

阿公怕自己会忘记，用力地握着我的手。

我看着阿公的眼睛，我看着天上的那颗星，

不知道准备出发消灭牛头怪的忒修斯，

会不会也像阿公一样，在眼睛湿润之后，

更能看清楚前面的方向。

爸爸妈妈按照手机上的 GPS 定位，开着车找到山上来。
爸爸见了我，用力将我抱住，妈妈则牵起阿公的手。
我一边跟爸爸说着树屋是阿公的秘密基地，
一边跟妈妈说那颗星星的光有着让阿公忘记害怕的力量。

南十字星
Μινώταυρος

阿公不在了，想念阿公的时候我会上山。
躺在他盖好的树屋里，等着南十字星出现在夜空，
就像那个我和阿公在山上的夜晚。

我不再怕黑了，和阿公一样，
那南十字星的光，就是我心中永恒的力量。

自从写了《阿尔茨海默先生》之后，我对"不可逆"的现象就充满了兴趣。

我看过以为每天都是农历十五，要去庙里拜拜求一家老少平安的。

我看过窗台上十只插上青葱的瓶子，她还急急奔往市场，她说晚餐的葱油鸡没有葱。

我看过把丈夫当成早逝的父亲，她还是有爸爸疼的三女儿。

不可逆，就在大部分人都想着抗老逆龄时，"阿尔茨海默先生"确实发挥魔力，让某些人更走向自己，那每天执意走的路、做的事，无非是所有人事退去之后，心里计较的那个自己。

而且，那计较都还在大脑皱褶深处，或多或少地藏着一两个松不开手的人。

如何看待，如何善待，成了他（她）以外的人最大的功课了——究竟要发动多少前所未见的智慧，来涌现多少前所未见的宽厚与温柔？

我比较常看到粗暴地把双方逼到角落，"四"手无策的例子，于是，我想写出另外的可能。

他是我的学生，侧面看去的唇略厚而上翻，我们叫他骆驼。

骆驼的父母离异，母亲离家，父亲也因工作成了城市移民。他和弟弟跟姑父、姑姑同住，还有"阿公"——姑父的父亲，老人家接受这两个孩子，一如自己亲生儿子。

上课迟到的那个早上，他说起了前一晚全家鸡飞狗跳，循线移动找到了另一个城市，已经发病一段时间的阿公玩过境了，人海茫茫，他回不了岸。

"他骑脚踏车上山，骑了快 60 公里，惊！"

找到人的那个晚上，他们累累地笑着做下决定，帮老人家的脚踏车装上 GPS 吧！科技延伸人性，他们想让阿公的世界至少宽广安全。

我听着觉得真聪明，一个普通家庭，却能以爱相爱，允许每个人自在，原来爱不需要捆手绑脚。一心硬要逆转那不可逆的时空指针，就只会失去当下其他的可能。

我们需要新思维。

世华是我成人写作班的学生，她跟我说起每个假日去安养院和母亲约会的事。

那时她的母亲已完全认不出亲生女儿，大半人世的遭遇也都不记得。

世华悠悠地跟我说了，每次电梯门关闭以前，母亲盈盈的笑意，陌生而客气地感谢这些"好心人"的探视，那眼睛，黑而清亮，这是世华没见过的母亲的模样。

那清亮，是山巅孤星，即使连个人都没有，连匹狼都不见。

"阿尔茨海默先生"确实不可逆，只有他能把大脑里那根时空的指针精准拨往某个方向，他逆转了世华母亲的记忆，所有的认知，让她甘愿停留在一个地方。

世华看着母亲站在"那里"，疼而痛而碎成一个新的自己。

"母亲过世前，完全是一头黑发，好看得不得了！"

黑亮的眼，黑亮的发，和其他病症将我们推往不明的泥淖不同，阿尔茨海默病患者的足迹反而引领着他们回乡的记忆，越走越近。

看着他们，我常要想起"距离"，到底，是谁在远离自己？

我们都在学习变老，当人类从史前来到从未如此长寿的现在，抗老是一种选择；而安于老、顺于不可逆，也可以是一种学习。

当所有的记忆如同浪潮退去，生命记录过的我们是否还是美丽的自己呢？

善待之前，我们都要肯定看待。

当现代人着迷于以手机记录流转的时刻，我更为阿尔茨海默病患者那脑里不忘的自己深深叹息。

（陈怡溱）

阿尔茨海默先生

陈怡滨 著

薛慧莹 绘

图书在版编目（CIP）数据

阿尔茨海默先生 / 陈怡滨著；薛慧莹绘. – 北京：
北京联合出版公司, 2018.10 (2023.3重印)
ISBN 978-7-5596-2626-4

Ⅰ.①阿… Ⅱ.①陈… ②薛… Ⅲ.①儿童故事－图
画故事－中国－当代 Ⅳ.①I287.8

中国版本图书馆CIP数据核字(2018)第216262号

本书通过四川一览文化传播广告有限公司代
理,经日月文化出版股份有限公司授权出版中
文简体字版

北京市版权局著作权合同登记号 图字：01-2018-6494号

选题策划	联合天际
责任编辑	李艳芬
特约编辑	谭振健
美术编辑	浦江悦
封面设计	刘雅宁

出　　版	北京联合出版公司
	北京市西城区德外大街83号楼9层 100088
发　　行	北京联合天畅文化传播有限公司
印　　刷	河北彩和坊印刷有限公司
经　　销	新华书店
字　　数	30千字
开　　本	889毫米 × 1194毫米 1/16 2.5印张
版　　次	2018年10月第1版 2023年3月第4次印刷
I S B N	978-7-5596-2626-4
定　　价	49.80元